DANCE of the EGGSHELLS

BAILE de CASCARONES

CARLA ARAGÓN

Illustrations by Kathy Dee Saville

15 14 13 12 11 10   1 2 3 4 5 6

Library of Congress Cataloging-in-Publication Data

Aragón, Carla.
Dance of the eggshells = Baile de cascarones / Carla Aragón ;
illustrations by Kathy Dee Saville ;
Spanish translation by Socorro Aragón and George Gonzales.
p. cm.
Summary: Libby and her brother have been fighting, but they
find common ground while spending spring break with their
grandparents near Santa Fe, New Mexico, participating
in cultural events surrounding Easter.
ISBN 978-0-8263-4770-1 (cloth : alk. paper)
1. Brothers and sisters—Fiction. 2. Mexican Americans—Fiction.
3. Egg decoration—Fiction. 4. Easter—Fiction.
5. Folk dancing, Mexican—Fiction. 6. Dance—Fiction.
7. Santa Fe (N.M.)—Fiction. 8. Spanish language materials—Bilingual.
I. Saville, Kathy Dee, ill. II. Aragón, Socorro. III. Gonzales, George.
IV. Title. V. Title: Baile de cascarones.
PZ7.A658Dan 2010
[Fic]—dc22
2009023369

Design and composition:
Mina Yamashita

Printed and bound by Oceanic Graphic Printing, Inc.
Manufactured in Guangdong Province, China, in Spring 2010

For my mother,

who enriches our traditions

when she passes them on.

◆ ◆ ◆

Acknowledgments

Mil gracias Mom y tío George por sus palabras en Español.

To Jane Larkin, Ruth Francis, and Joe Hayes—thanks for helping me sculpt my story.

For bringing my book to life, my deep appreciation to Kathy Dee Saville, Clark Whitehorn, and Mina Yamashita.

Y con todo cariño—Allen, Dad, my family, and friends from La Sociedad Folklórica who have cracked dozens of cascarones on my head and then honored me with a dance.

There are white eggs, scrambled eggs, cracked eggs, and even rotten eggs. Goofy, wobbly eggs have also dressed up in their "Easter best." But for little Libby Montoya, the most prized eggs of all are cascarones, confetti-filled eggshells. Libby learned to value them as if they were made of gold. When these little treasures break open, memories spill forth of a joy-filled tradition passed on by Grandma Socorro.

No Ordinary Egg!

Libby watched the jackrabbits under the small piñon trees as her mother drove up to her grandparents' farm. In a garden patch next to the house, tulips had started to poke their heads out of the earth . . . stretching toward the sunlight. Libby loved spring, and for the first time, she and her big brother, J.D., were spending their school break with her abuelita and abuelito in New Mexico. Grandma Socorro and Grandpa Art lived in an adobe house on a hillside overlooking Santa Fe. Life here was much different than in the city.

Hay huevos blancos, huevos revueltos, huevos quebrados, podridos, chistosos, y aguados. También hay huevos vestidos en trajes elegantes de "Pascua." Pero para la bonita joven Libby Montoya, los huevos más preciosos son los "cascarones," cáscaras de huevos decoradas y llenas de confetis. Libby aprendió apreciarlos como si fueran huevos de oro. Cuando se quebran estos tesoritos, revelan memorias de una tradición familiar y llena de alegría que aprendió de su abuelita Socorro.

¿Huevo Ordinario?—¡No!

Mientras su mamá manejaba hacia al rancho de sus abuelos, Libby miraba a los conejitos bajo los arboles de piñon. En un jardín cerca de la casa, las tulipanes empezaban a enseñar sus lindísimos colores. Libby estaba encantada con la primavera, y por la primera vez, Libby y su hermano mayor, J.D., iban a pasar sus vacaciones escolares con sus abuelitos en Nuevo México. La abuelita Socorro y el abuelito Art vivían en una casa de adobe. La casa estaba en una lomita, y desde allí podían ver todo Santa Fe. La vida aquí era muy diferente a la de la ciudad.

The car came to a stop in front of the mud porch decorated with ristras—strands of red chile peppers dangling from the vigas. Libby and J.D. ran to hug their grandparents. "Hola Grandma! Hola Grandpa!" Libby said.

"Como han crecido. My God, how you've grown," said Grandma Socorro. Libby was tall for her age—just like her brother, J.D. But that is where the similarities ended.

Libby was fair with short, curly hair and she loved to chat. Freckle-faced J.D. had moppy straight hair. He thought he was pretty cool when he played video games and hung out with his friends. He didn't like Libby to tag along because she was a pest.

After the children unpacked, Libby's mother got ready to leave. She said to Grandma and Grandpa, "Que Dios les bendiga—God bless you. I'll see you at the Baile de los Cascarones." Libby's mom then turned to her children and warned, "Don't forget to help your grandparents and remember what I said—no fighting!"

Libby was embarrassed. She pulled her grandma aside and told her about a fight she had with J.D. "Grandma, J.D. was being mean to me and wouldn't let me play with his new video game," she said. Then she confessed, "I couldn't help it. When he wasn't looking, I took it and broke it."

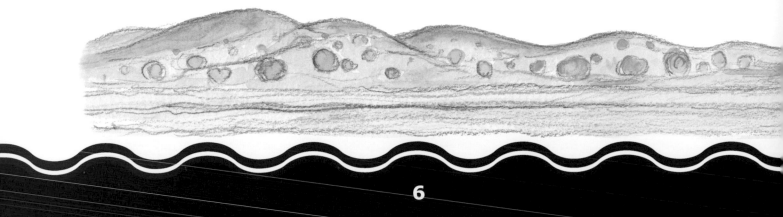

El carro vino a una parada en frente del portal que estaba decorado con ristras de chile colorado colgando de las vigas. Libby y J.D. corrieron para saludar a sus abuelos. "¡Hola Grandma! ¡Hola Grandpa!" dijo la Libby.

"¡Dios mío, cómo han crecido!" dijo la abuelita Socorro. Libby era alta para su edad—como su hermano, J.D. Pero no más hasta ahí se parecían.

La piel de Libby era como "Blancanieves." Su pelo corto era rizado y le gustaba platicar mucho. J.D., al contrario, tenía pelo greñudo y su cara estaba llena de pecas. Se creía bien suave cuando jugaba con sus videojuegos y sus amigos. No le gustaba pasar mucho tiempo con Libby porque ella hacía mucho barullo.

Despues que los niños sacaron la ropa de sus maletas, la mamá de Libby se preparó para irse. Les dijo a los abuelos, "Que Dios les bendiga. Pero nos vemos en el Baile de los Cascarones." Al despedirse de sus hijos les aconsejó, "¡Traten de auydar a sus abuelos y por favor no se peleen!"

Con vergüenza Libby le platicó a la abuelita de una pelea que tuvo con J.D. "¿Sabes qué, Grandma? J.D. fue muy malo conmigo y no me dejó jugar con su videojuego nuevo." Libby confesó, "Cuando no me estaba viendo, me lo llevé y lo quebré."

Grandma Socorro told her, "Sometimes brothers and sisters get on each other's nerves, but one of these days you'll become friends. Libby, déjalo—leave his things alone." She then called J.D. over and said, "Let's all go to the chicken coop to collect eggs."

When they got there, Grandma Socorro picked up an egg from a hen's nest and said, "This is no ordinary egg. It's more valuable than a golden egg, or a video game for that matter. This will soon be one of many cascarones we'll use for the Baile de los Cascarones, the Dance of the Eggshells. It's a rich tradition that I hope you will cherish forever."

Libby and J.D. looked at each other and rolled their eyes. J.D. said, "How could a measly egg be worth anything? Eggs are just for eating. My friends don't care about cascarones. Thanks to you, Libby, I haven't played with my friends since you broke my video game."

Grandma Socorro le dijo a la Libby, "A veces los hermanitos se sacan los pelos, pero un de estos días van a ser buenos amigos. ¡Olvídate! Deja sus cosas solas." La abuelita llamó al J.D. y le dijo, "Vamos todos al gallinero a juntar huevos."

Cuando ellos llegaron, la abuelita levantó un huevo del nido y reclamó, "Éste no es huevo ordinario. Tiene más valor que un huevo de oro y más que un juego de video. Éste será uno de los muchos cascarones que usaremos para el Baile de los Cascarones. Es una tradición que vivirá contigo para siempre."

Ellos se pusieron los ojos en blanco. J.D. dijó, "¿Cómo que un huevo podrido puede tener tanto valor? Los huevos son para comer. A mis amigos no les importa de los cascarones. Gracias a ti Libby, no puedo jugar con mis amigos desde que quebraste mi videojuego."

Grandma Socorro winked and asked them to follow her into her kitchen. She handed aprons to Libby and J.D., gave them each an egg, and said, "This isn't as easy as it looks." Then she told them, "Take this pin. Poke a teensy hole at the top and a bigger hole at the bottom of the egg. Be careful not to break the shell."

She blew softly into the top hole and then PLOP, the gooey egg white and sunny yolk belly-flopped into a bowl. Grandma Socorro told them, "I'll use this batch of eggs to make torrejas. Grandpa Art loves egg fritters." Then she said, "Your job is to rinse out the eggshells in cold water. Once they've dried, we'll decorate them and then fill them with confetti for the Baile de los Cascarones."

J.D. wasn't very excited to be in the kitchen. He said, "I think Grandpa Art needs help feeding the chickens. I'd better take him some more corn." J.D. tore off his apron and ran out the door.

La abuelita Socorro le hizo seña con el ojo y les pidió que la siguieran a la cocina. Les dio a cada uno un delantal y un huevo. Les dijo, "¡No es tan fácil como se ve! Tomen este alfiler. Piquen el huevo y háganle un agujero arriba y abajo. Cuiden que no se quiebre la cáscara."

Ella sopló suavemente en el agujero de arriba, y entonces PLOP, salió el huevo entero. La abuelita Socorro les dijo, "Usaré los huevos para hacer las torrejas. Es un platillo favorito de su Grandpa Art. Ahora, limpien las cáscaras en agua fría. Cuando se sequen, las decoramos y las llenamos con confeti para el Baile de los Cascarones."

J.D. no estaba contento estar en la cocina. Se quitó el delantal y se largó, diciendo, "Voy ayudar a mi abuelito Art con las gallinas. Le llevaré más maíz."

Libby wasted no time in carefully filling the delicate eggshells with confetti from every color of the rainbow. She pasted some tissue paper over the larger hole in the cascarones to keep the paper dots from leaking out.

As Libby decorated the eggshells with colored markers and tissue, she asked, "Grandma, why is the Baile de los Cascarones held a week after Easter?"

Grandma Socorro said, "Spanish families in northern New Mexico were faithful in observing Lent. We don't eat meat on Fridays now, but in the old days they didn't eat meat during all forty days of Lent. So instead, many dishes were prepared with eggs. That's how they collected so many eggshells for cascarones. Also back then, they didn't dance during Lent. After Easter, it was time to really celebrate."

Libby delicadamente llenó las cáscaras con confeti de todos los colores del arco iris. Cubrió el agujero más grande con un papelito de seda.

Preguntó a su Grandma Socorro, "¿Por qué se celebra el Baile de los Cascarones después de la Pascua?"

La abuelita Socorro dijo, "Las familias hispanas del norte de Nuevo México observaban la cuaresma fielmente. Ahora no comemos carne en los viernes, pero en tiempos pasados no comían carne durante la entera cuaresma—cuarenta días. Preparaban muchos platillos con huevos y guardaban las cáscaras para hacer cascarones. También antes, no bailaban durante la cuaresma. Por eso, después de la Pascua se celebraban con mucho gusto."

The Dance

Soon the big day arrived. Grandma Socorro gave Libby a beautiful fiesta dress that Libby's mother, Jordan, had worn. The white blouse had red pom-poms on the neckline and dainty ruffles on the sleeves. The red skirt had layers of fluffy petticoats. Libby exclaimed, "This is perfect for twirling around!"

Grandma Socorro gave J.D. a green fiesta shirt with conchas, or silver buttons. "J.D., you can wear your jeans. But instead of a belt, put on this golden sash," she said. Abuelito and Abuelita were also dressed in traditional fiesta clothes.

El Baile

El día del Baile, la abuelita le dio a Libby un traje de fiesta que su mamá, Jordan, usó de niña. La blusa blanca estaba adornada con pompones rojos y tenía mangas de volantes. La falda era roja con enaguas vellosas. Libby exclamó, "¡Es perfecto para dar vueltas!"

La abuelita le dio a J.D. una camisa verde de fiesta con conchas o botones de plata. Le dijo, "J.D., úsa pantalones de vaquero y este listón de color de oro como el cinturón." Los abuelitos también se vistieron con ropa tradicional de fiesta.

Libby's mother and father arrived in Santa Fe. Libby was so excited to see her parents and to share what she learned about the Baile de los Cascarones.

As they drove to the dance, Libby explained the tradition. "Grandma says if you want to dance with someone, you break a cascarón not ON their head—but OVER their head. That's the PROPER way." Grandpa Art laughed. "As a member of La Sociedad Folklórica, The Folklore Society, Grandma is always SO proper."

Los padres de Libby llegaron a Santa Fe. Al verlos, Libby se emocionó—diciéndoles lo mucho que aprendió de su abuelita sobre las tradiciones del Baile de los Cascarones.

Mientras manejaban hacia el baile, Libby explicó la tradición. "Mi abuelita dice que si quieres bailar con alguien, le quebras un cascarón—no EN la cabeza—sino SOBRE la cabeza. Eso es lo propio." Al reírse, el abuelito Art dijo, "Como socia de La Sociedad Folklórica, tu abuelita es muy apropiada!"

Libby brought her Easter basket and filled it with cascarones she bought from La Sociedad Folklórica. One cascarón had a clown face and another had delicate flower designs. Several had just been dipped in Easter dyes of pink, blue, green, and yellow. As Libby inspected them all, she felt a WHACK on top of her head. "Hey?!" she said as confetti and eggshells spilled over her face onto her shoulders.

Libby trajo su canasta y la llenó con cascarones que ella compró de La Sociedad Folklórica. Un cascarón tenía el rostro de un payaso y otro estaba pintado con flores delicadas. Muchos cascarones fueron bañados de colores de Pascua . . . rosas, azules, verdes, y amarillos. Al verlos, PUM, de repente sintió un golpe sobre su cabeza y dijo "¡¿Qué demonios?!" El confeti y las cáscaras cayeron encima de su cara y sus hombros.

Grandpa Art had surprised her by cracking one of the cascarones ON her head. He chuckled and said, "Let's dance, my princess." He extended his giant hand and led her out to the dance floor. The musicians played an old-fashioned polka.

Grandpa Art was a fantastic dancer. Libby bounced around trying to follow his every move . . . one-two-three-hop . . . one-two-three-hop . . . one-two-three-hop. He guided her through each step and twirled her a few times until she got dizzy. When the music ended, he led her into the waiting arms of her father.

While Libby learned more traditional dances with her dad, J.D. was busy, too. He bought a whole carton of cascarones and was bombing each of his cousins on the head . . . first Marisol, then Alayna, then he went after Miranda, Brittany, Carlos, and Juan. J.D. had no intention of dancing—he just wanted to play a game of "smash and dash."

◆   ◆   ◆

El abuelo Art la sopriendió cuando quebró un cascarón EN su cabeza. Riéndose le dijo, "Vamos a bailar, mi princesa." Le extiendió su mano grande y salieron a bailar. La orquesta tocó polkas de antaño.

El abuelo era un bailador fantástico. Libby trataba de seguirle—¡una, dos, tres, brinca—una, dos, tres, brinca! Le dio vuelta y vuelta—bailando hasta que se sintió mareada. Cuando la música se acabó, su abuelito la llevó a su papá.

Mientras que Libby trataba de aprender los bailes tradicionales con su papá, J.D. estaba muy ocupado. Compró una docena de cascarones y los bombardeó sobre la cabeza de sus primas—Marisol, Alayna, Miranda, Brittany, Carlos, y Juan. Las intenciones de J.D. no eran de bailar. ¡Sólo quería vacilar!

The Broom Dance

Suddenly A.J. Anaya, the bastonero or Master of Ceremonies, told the crowd to pick a partner for El Baile de la Escoba—The Broom Dance. Libby's cousin, Estevan, cracked a cascarón on her head and said, "Come on, Libby—this is a fun dance."

Everyone in the room scrambled to the dance floor. Women lined up on one side of the dance hall and the men on the other . . . facing each other . . . creating a path in between.

J.D. hid under a table saying, "I don't want to dance." But the bastonero spotted his boots sticking out and said, "You . . . young man, come here!" The bastonero handed him the broom and said, "Sorry, amigo, you're the only one left without a partner. You're stuck dancing with the broom." Everyone started laughing.

The bastonero explained the Broom Dance. "It's a little like musical chairs," he said. "When I blow the whistle, J.D. will drop the broom like a hot potato and everyone must grab a partner. The person left without a partner will then have to dance with the broom. OK, vámonos—let's go."

The violins and the guitars started. The dancers began to clap to the beat of the music. Grandma Socorro prodded him, "Ándale mi hijo—come on, son—take the broom and dance. Sí se puede . . . you can do it."

J.D. finally got up enough nerve to take a step. At first, he pretended he was sweeping with the broom. Then he started to have a little fun—he tried to imitate his Grandpa Art's polka moves.

El Baile de la Escoba

De repente el bastonero, A.J. Anaya, anunció que escogieran sus compañeros para El Baile de la Escoba. Estevan, el primo de Libby, quebró un cascarón sobre la cabeza de Libby y le dijo, "Vamos a bailar esta danza divertida."

Casi todos en el cuarto corrieron para bailar. Las mujeres y los hombres formaron una linea con los compañeros . . . frente a frente . . . dejando un espacio entre ellos para bailar.

J.D. se escondió bajo una mesa y dijo, "No quiero bailar." Pero el bastonero vio sus botas bajo la mesa y le dijo, "¡Venga, joven, tome esta escoba! Lo siento amigo, pero eres el único sin compañera. Tendrá que bailar con la escoba como si fuera tu compañera." Al oír el bastonero, todos soltaron la risa.

El bastonero les explicó El Baile de la Escoba, "Cuando comience la música, J.D. va a bailar con la escoba. Al sonar el pito, va dejar caer la escoba como un papa caliente y pronto escojan una compañera. El que se quede sin compañera tendrá que bailar con la escoba. ¡Bueno . . . vámonos!"

Los violines y las guitarras comenzaron a tocar. Los bailadores comenzaron a dar palmadas con la música. J.D. estaba asustado, pero su abuelita Socorro le dijo, "Ándale mi hijo, toma la escoba y baila. Sí se puede."

J.D. se dio suficiente valor para tomar un paso. Al pincipio, empezó a bailar con la escoba como que estaba barriendo. Luego comenzó a burlarse de su abuelito Art . . . imitando su movidas de polka.

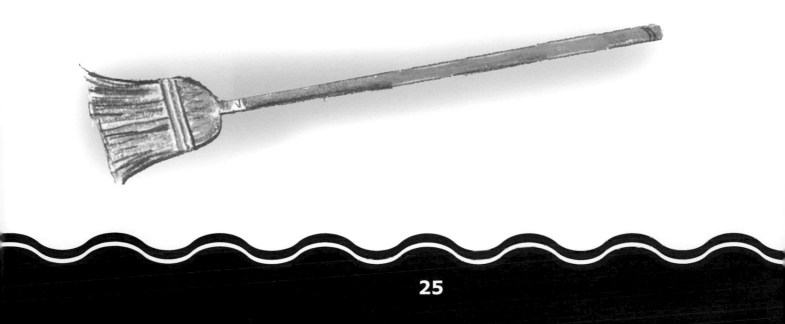

Suddenly, the bastonero blew his whistle. J.D. tripped over the broom and panic set in. People bolted across the room to reach their partner or the first person they could touch. J.D. dropped the broom, but he was frozen with fear. Then he heard Libby's voice say, "J.D., hurry . . . grab my hand."

J.D. lunged at Libby and put his arms around her. "Thank you, Libby," he said. "You're an angel." He took her hand and they moved side to side . . . trying to keep step with the rhythm of the music.

Al fin, el bastonero sonó el pito. ¡J.D. trompezó con la escoba y la gente se excitó! Todos corrieron en busca de su pareja o un compañero. J.D. soltó la escoba, pero estaba bien espantado. Por fin oyó la voz de Libby, "¡J.D., tómame de la mano!"

J.D. abrazó a Libby y le dijo, "Mil gracias, Libby—eres un ángel." La tomó de la mano y comenzaron a bailar.

As soon as everyone got a partner, they looked around to see who had been shut out. This time it was little Estevan. He shrugged his shoulders, walked over to the broom, picked it up off the floor, and started to dance. The dancers separated and faced each other once again . . . women on one side and men on the other.

No More Eggs

Although the Broom Dance was the favorite, there were other traditional dances to learn. Libby went through her whole basket of cascarones as she danced La Cuna—The Cradle, El Valse de los Paños—The Handkerchief Waltz, La Varsoviana—The "Put Your Little Foot" Dance, and La Raspa—The Mexican Shuffle. And judging from all the confetti and eggshells on her hair and clothes, Libby was the most popular dancer of the evening.

When the dance ended, Libby realized she didn't have a single egg left. J.D. saw the disappointment on his sister's face. "What's the matter, Libby?"

She glanced down at her empty basket and said, "I cracked all my cascarones and forgot to save one to take home as a souvenir."

J.D. hesitated for a second, but finally scooped a cascarón out of his pocket—he was saving it to smash on his cousin, Alayna. "Here, Libby, you can have it," he said. "I'll get more next year. This was so much fun—I want to come back." He hugged her and then ran toward his parents.

Cada quien encontró su compañero, menos Estevan. Pero a él no le importaba. Levantó la escoba del piso y empezó a bailar. Los bailadores se separaron una vez más—frente a frente, las mujeres en un lado y los hombres en el otro.

Ya No Hay Cascarones

Aunque El Baile de la Escoba fue el favorito, había otros bailes tradicionales que aprender. Libby quebró sus cascarones para conseguir compañeros para bailar La Cuna, El Valse de los Paños, La Varsoviana, y La Raspa. Y con todo el confeti en el pelo y la ropa—fue evidente que Libby era la muchacha más popular de la noche.

Al terminar el baile, Libby se dio cuenta que no le quedaba ningún cascarón. Estaba muy triste porque había quebrado todos sus cascarones. J.D. se dio cuenta de la tristeza en la cara de su hermanita. Le preguntó, "¿Qué pasa, Libby?"

Libby le respondío, "Mi canasta está vacía. No tengo ningún cascarón como recuerdo."

J.D. decidió darle el cascarón que pensaba quebrar sobre su prima, Alayna. Le dijo, "¡Tóma, Libby! Este es tuyo. El próximo año compro más. Este baile fue muy divertido. Quiero regresar." J.D. le dio un abrazo y se fue a buscar a sus padres.

Libby was surprised by her brother's kindness. As she left the dance hall, she grabbed her abuelita's hand and whispered, "Grandma, you're right about J.D. I think we're going to be good friends."

Later that evening as Libby got ready for bed, she gazed out the window at the twinkling stars over Santa Fe. As she brushed her hair, stray bits of confetti fluttered to the floor. She smiled . . . savoring memories of this magical tradition, the Baile de los Cascarones.

Con sorpresa, Libby corrío a su abuelita Socorro. Tomando su mano le dijo, "Grandma, tienes razón sobre J.D. Vamos ser buenos amigos."

Mas tarde en la noche cuando Libby se preparó a dormir, fue a la ventana para mirar las estrellas brillando sobre Santa Fe. Se cepilló el pelo y pedazitos de confeti cayeron al suelo. Con una sonrisa, Libby pensó en las memorias de esta tradición mágica, el Baile de los Cascarones.

Author's Note

One of my favorite memories of growing up in Santa Fe is filling my Easter basket with cascarones and selling them at the annual Baile de los Cascarones sponsored by La Sociedad Folklórica. My mother is the longest-tenured member of this group whose mission is to preserve the Spanish Colonial traditions and folklore of northern New Mexico. She taught me about the origin of the cascarón, believed to have been brought to Mexico in the 1860s by Carlota, the wife of Emperor Maximilian I. From there, the decorated eggshells traveled north to the American Southwest.

In the 1800s, the Baile de los Cascarones was a family affair and an opportunity for ranchers and farmers in New Mexico—who sometimes lived miles away—to gather after Lent. People were encouraged to meet, bond, and have fun through the tradition of the Baile. The dances served as "icebreakers."

To learn more, go to www.carla-aragon.com.